海が叶えてくれるもの

——青の光と命の輝き——

ドキュメンタリー作家
水中写真家
水之京子

海が叶えてくれるもの

——青の光と命の輝き——

プロローグ

海はココロのゴミ箱

人生で3回の大病で死にかけても、生還できたのは、「海」の大きな愛の力と信じ、私を勇気付けてくれた海を写真で伝えたい。癒しとパワーをもらえる海を、多くの人に見て感じてほしい。

病気にも決して負けない気持ちで、思い描いた夢に向かって、笑顔になってもらえたら、何より嬉しい。

そして、この青く美しい地球を、環境を、守りたくなる、そんな心の「波紋」が広がるように願いを込めて、これからも、海と自然を愛して撮影していきたい。

海でゴミは拾って持ち帰るけれど、ココロのゴミは海に捨てておいき。
海は全てを受け入れて、何も言わずに抱きしめてくれる。ここへおいで。
海は「おかえり～」と迎えてくれる。
あなたが元気な笑顔を取り戻し、再び歩き出す、それは記念日。

大丈夫、どんなに辛くても、落っこちて行っても、底の底の底には、トランポリンがある。ポヨヨンと明るい水面から飛び上がって、楽しい気分になる時が待っている。


青。深い海の色。

心の奥底を旅するために、与えられる時間。それは終わりなき彷徨いとも感じる、不安との静かなる闘い。

心の水門に辿り着いたら、思いきって押し開けよう。一気に襲いかかる水流に飲み込まれそうになる。それでも立ち続ける力があるならば、光の道だけが目の前に現れる。


そうか、また歩き出せるんだ。

洗い流された真っ白な心で。

ココロの苦しみは、誰にも分からない。だから、自分だけは、分かってあげよう。苦しかったね、頑張ったね。よくやったね。自分の名前を自分で呼んであげよう。自分の中にいる、スネて暗い部屋の隅っこで震えてる、膝を抱えて泣いてる自分に、手を差し伸べて言おう。

「ありがとう。一緒に行こう」

朝は来るから。

新しい一日が、また始まるから。

輝く光に包まれて、海から昇る朝日に感謝する。

そんな時を重ねていこう。

私が水中写真を撮りたいと思って現在に至るのは、こんな始まりだった。

私は幼少の頃、夏休みに行く母親の実家の秋田の川遊びが大好きだった。水の中にいると、とても安心できて心地良かった。水中メガネを付けて、その水中を覗いて見た時、驚いた！

川の流れのために、川面からはいつも水中は見えない。ひとたび、その水中世界を見たとたん、目の前を大きなマスが何匹も泳いでいたのだ。夢中になって魚を見ていて、いつまでも川から上がらない。そんな私を心配して、親たちは、
「もう唇が紫だから、上がってきなさーい」
と声をかけた。

それでも、いつまでも水中にいたかった。

学校のプールの時間でも、潜りたい一心で、顔をつけていた。25メートルプールを泳ぐ時も、なかなか水面に上がらず、ずっと潜水で泳ぎ切って、「真ん中より前に上がって、水面を泳ぎなさーい！」と、先生に叱られたものだった。

私の写真好きは、中学生になる頃のこと。父親に買ってもらったペンタックスの一眼レフカメラが面白くて、夢中になった。

「ペンタックス、ペンタックス、ワイドだよ！」のテレビコマーシャルは懐かしい。


私は、ワイドアングルが好きだ。もしかして私の目は魚眼なのか、１８０度以上見える気がする。そのワイドな世界を写真で表現したい。

中学2年の時、撮影した作品を友達に見せて、友達にもらわれていったその写真が、友達の名前で賞を取ったりしたこともあった。それでも気にしなくて、受賞したことが嬉しかった。


ダイビングについては、毎年海水浴をする中で、10代の頃シュノーケリングをしていた時に、水底でスキューバダイビングの講習をしているのを見かけた。いつまでも水中にいられる！　すごい！　水中でも見られる本のようなものを広げ、円陣を組んで学んでいた。

私は羨ましくて、スキンダイビングで、その近くへ潜って行って、覗き込んだ。何度となく潜っては、水底近くをウロウロしている私に気が付いたダイバーたちは、さぞかし面白かっただろう。

私も、いつか絶対にダイビングをやる！

そして、あの魚たちのすぐそばに、いつまでもいるんだ！

それまでは、スキンダイビングで、イルカのように水面で跳ねたり、潜って思いっきり飛び出したりして、遊んでいるだけで自分を満足させていた。


やっと念願叶って、スキューバダイビングをやれるようになって（その前後の詳細はエピローグにて）、水中世界の素晴らしさを再確認した。そして、これを多くの人に伝えたい！　と思った。


ライセンスをスポーツクラブで取得した次の週末には、八丈島ツアーに参加して、簡単な水中カメラを持ってすぐに海に入った。

まさに、水を得た魚か、はたまたイルカ？

無重力の水中で、クルクルと回ったり、太陽の光が差し込む水面のキラキラをゆっくりと眺めたり。お魚たちに手を振りながら、水中世界を楽しんだ。水中は、水面から見ている程には暗くもないし、あらゆる生物たちが、命の営みを繰り広げている。

なんと魅惑的な世界なのか！

そして、野生のイルカと泳ぐ機会があり、仲間と共にハマった。
なんて優しい表情をしているのだろう。そして、この厳しい大海原で生き抜いている目の前のイルカたち。キラキラとした光を全身に受けて、胸ビレでお互いを優しく撫で合ったり、こちらに目を合わせるように微笑みかけてくれる。

そこは、大自然の彼らの世界。
私たちは、その世界をほんの少し覗かせてもらう。そしてお邪魔にならないように、謙虚な気持ちで楽しませてもらう。

こんな大自然に投げ出されていると、ヒトは、この大自然のほんの一部の存在でしかないことを知る。

けれど、そこにいる自分は、確かに存在していることを確信できる。
生きている！

その喜びに包まれる。

そして感じることは、反対にヒトのおごりの気持ち。この地球をヒトが支配している、と勘違いしているのではないのか?

ヒトが自然を壊している。

ヒトが地球にとっての害虫にならないために、認識を新たにしないと、失ってからでは遅い。自然も、ヒトのココロも、壊れてからでは、なかなか元の形は取り戻せない。海のゴミ問題が重要視されている現在、ココロのゴミは海に流しても、海を物のゴミ箱にしてはいけない。

目の前の、この海に感謝して、そして守り続ける。その方法を模索し、海を愛し続けたい。

人生で3回の大病とは、31歳で子宮頸癌、36歳で白血病の手前の単核球症、49歳でギランバレー症候群。その他の病気も腹膜炎になりかけた虫垂炎、人工透析ぎりぎり手前の腎盂炎など数知れず。そんな人生ながらも元気に過ごせていることに感謝しながら、日々を送っている(ギランバレー症候群については、この後の第1章にて、そして子宮頸癌などについては、エピローグにてお伝えしたいと思う)。

第1章
今日限りの命――ギランバレー症候群からの復活

10万人に1人の割合で、突然発症する原因不明の難病。その半数は、翌朝には冷たくなって突然死とされる。残りのうちの半数は、後遺症で電動車椅子生活を余儀なくされる。

それらの残りの25パーセントの1人として、お伝えしておかなければいけないことがある、と感じている。それは、突然誰にでも起こりうる病であること。治療法は、現在一つしかないということ。そして、時間を争うということ。誰しもが、生きて朝を迎えるために。

これからお伝えする状態と似ているかもしれないと、わずかでも可能性を感じたら、自分からお医者様へ、「ギランバレー症候群ではないですよね？」と聞いてほしい。

「風邪かな？　とりあえず、明日まで様子を見て下さい」では、手遅れになりかねない。

一刻も早く処置に入らなければ、もう朝日を見ることはない、となってしまう。その症状とはどんなものか、知っておいてさえもらえれば、自分も家族も友人も、助かるはず！　生きて、また笑顔が見られるのだから。

その日の朝。

起床と同時に、身体のだるさを感じた。気持ちも悪く吐き気がした。けれど嘔吐はしない。

全身が重たく感じて、動きが鈍い。疲れたのか？　今日も仕事で出掛けなければならない。下痢と嘔吐を起こしていた風邪も、先週ようやく治ったのだから。

身体のだるさは、どんどん増してきて、仕事先でも荷物が持てない。横になりたいけれど、そんな場所もない。カバンや見本帳なども、持ち上げられない。力自慢の私が一体どうしたのだろう。

かつて、インテリアコーディネーターとしても仕事をしていて、そのリフォーム現場もほぼ完成に近づく頃のことだった。それまで、いくつかのリフォーム雑誌にも掲載されたり、埼玉テレビでも半年間、モノマネのスターのヒビキさんと「リフォーム笑（ショー）」という番組を担当して、毎週水曜日に放映されたことなどもあり、忙し過ぎる日々を過ごした後、独立。それからは、写真スタジオ、ダイビングと、３つの仕事を並行してこなす状態となっていた。

私はその日、車を運転してリフォーム現場に来たけれど、気分が悪くて早く帰りたかった。昼前には打ち合わせも終わり、だるさのために、大工さんたちに荷物を車に積むのを手伝ってもらい、現場を後にした。

車の運転を始めて、私は恐怖心に震えた！　ハンドルを握っている手に力が入らない。握っている感触がわずかしかない。アクセルやブレーキを踏む足までも、まるで言うことをきかない。スピードも出せないまま、恐る恐る運転しながらも、とにかく帰らなくては、と車を進めた。

3車線の幹線道路は交通量が多く、クラクションを鳴らされながらも、ハザードランプを点滅させながら、左端をノロノロと走る。

「すみませんね、追い越して下さいね。スピード出せないの、訳が分からないの」と、独り言を呟きながら、自宅方面へと向かった。

午後からの、スタジオでの家族写真の撮影の仕事は、この具合の悪さでは到底無理そうなので、キャンセルの連絡を入れて病院へ向かうことにした。

病院への細い道はとても恐ろしく、人や自転車などの脇を通過する時は、止まるほどのスピードに落とした。なんとか病院へ到着したものの、車から降りるのがやっとで、うまく歩くことができない。

裏の駐車場から病院の入り口までが、なんと遠く感じられたことか。「この駐車場の設計ってば、こんなにも回り道させて、一体どうなのかしら」と心で呟きながら、そろりそろり辿っていく。

土曜日の午後となっていたので、受付で、

「急診扱いで、循環器の担当医師しかおりませんが、いいですか？」

と尋ねられ、

「とにかく診てもらいたいです。歩けなくなってきました」

と答えた。

あのまま家に帰らなくて本当に良かったと思う。あれは運命の分かれ道だった。もし帰っていたら、今生きていなかったかもしれない。

病院のお医者様は、私の症状を診てギランと目を見開いた。そして、

「ご家族を呼んで下さい」

そのお医者様は、静かに語り出した。

「ギランバレー症候群の可能性があります。検査には時間がかかりますが、まずは間違いないとして、すぐに治療に入らないと。症状が進んで、呼吸器や心臓へこの状態が達すると、亡くなる可能性もあります」

……突然死……。

朝起こしても起きない。さわってみると冷たくなっている。

そこへ向かっているという。

「この総合病院では治療ができないので、転院して、大きな病院で処置に入って下さい！」

家族に手を借りないと、車の乗り降りすらもできない私はダルマさん。手足の感触は、夜にはすっかり消えていた。問診の時も車椅子に乗ったままで、見えているこの手足は、自分のものではないように感じた。何をされても何も感じず、感覚は全くなかった。

夜11時近くになり、転院した先の病室で宣告された。

「一刻を争います！　後遺症を残さないために、すぐに治療に入りたいのですが、同意書にサインをお願いします」

人の血液を精製して作る血清グロブリン。これを点滴で投与するこの治療によって、現在は発見されていない未知の不治の病が、将来発症する可能性もなくはない。例えて言うならば、昔はなかったエイズのように。しかし、この点滴をひたすら受ける他に、現在は治療法がない。

恐る恐る治療費について聞いてみたら、なんと高いことか。最低でも合計200万円くらいかかるだろうと。それが私の命の値段なのか。そうすると高いのか安いのか、分からなくなってきたけど、受けるしか選択肢は残されていない。

難病指定にはなっているが、医療費助成の対象にはなっていなかった。しかし、それについては、結果的には、高額医療費事前還付制度によって、10分の1くらいで済んだので良かったが。

もちろん尿管も繋がれて、点滴はスタートした。

私は、朝を迎えられるのだろうか?

夜は怖い。暗闇の中で、なかなか寝付けなく、それでもいつしか、浅い眠りに落ちていった。

目覚めた朝の光は、眩しかった。生きていた。
助かった、のかな。もう、大丈夫なのかな。

それから5日間、ひたすら点滴は続いた。風邪や下痢など、何かのウイルスや細菌などで具合が悪くなっても、おおよそ3日から5日ほどたてばみんな、だんだんと回復してくる。ところが、そのウイルスがたまたま、末梢神経と姿が似ている場合があるそうだ。免疫機能がよく働き、働き過ぎて、末梢神経たちをも、間違えて攻撃を始める。そのため、同時に四肢の感覚がなくなっていくという、この病気に特有の症状が現れるのだ。

片方だけの麻痺などは、脳梗塞など他の病気のようで、問診の際にお医者様が判断するという。このギランバレー症候群という病を、もし担当医が思いつかなかったら、すぐに手遅れとなってしまう。

ギランバレー症候群とは、不必要な戦いが体内で繰り広げられること。そして送り込まれた血清グロブリンは、応援部隊の兵士たち。末梢神経を悪いウイルスと思い込み、必死に末梢神経を死滅させていた免疫機能たちが、その攻撃をやめ始める。もうかなり戦って疲れたから、応援部隊に任せよう、となる。

正に人体の不思議。というか、人間そのもの。

たくさんの兵士たちが送り込まれてきたから、「ふー、やれやれ」と、休み始める。この原理を考えた人は、すごいと思う。人の血液から作られた血清グロブリンは、擬似兵士たち。5日間の点滴が終わる頃には、わずかながら、手の親指に感覚が戻ってきた。

動く！　動け！　かすかに動くその指で、看護師の友人にメールをした。

「ギランバレーで、入院した」

翌日、病室のドアが勢いよく開いた。

「京子さん！　生きていたのね‼」

その友人が夜勤明けで飛んできてくれたのだ。目に涙を浮かべて駆け寄ってくれた。ありがたいことだった。彼女は次のように語った。

「私の勤めている病院にも、19歳の男の子が四肢が動かなくなって運ばれてきたの。若いから本人は、寝れば治るはずと、病院へは行かなかったらしいわ。そして2日目、全く動けなくなって救急搬送されたの。命は取り止めたものの、退院しても一生、電動車椅子生活となってしまったのよ」

とにかく早く処置に入れば、末梢神経も、壊死する前に回復の見込みがある。時間がたってしまうと、もう感覚が戻ることはなくなり、手足の自由を奪われたままとなってしまう。

お見舞いに来てくれた人から聞いたが、知人の6歳の男の子もギランバレー症候群を発症したとのことだった。けれどその男の子は、普段は元気良く走り回っていたのに、急に動けなくなってしまったので、「これは一大事⁉」と両親が病院へ運び込み、すぐに治療に入って回復したという。その男の子は、今は20歳を過ぎて、バスケットボールの選手として活躍しているそうだ。

時間が、全ての明暗を分ける。

そして、運良く早い処置を受けられたとしても、動かさずに大事を取っていると、脳みそは動いていた時のことを忘れてしまう。6歳のその子は、動けるようになったら、おそらくじっとしてはいなかったのであろう。

入院中は辛い検査にも耐えて、難病研究のための情報提供になるのならと、髄液も2度提供した。海老のように背中を丸めて、髄液を採るために穴を開ける。奥深く麻酔も効かず、信じられない程の検査の痛みにも歯を食いしばって耐えた。リハビリでは、歩けない足を一歩一歩と前に進めた。それはまるで、開発途中の未完成ロボットのようだった。

退院の時期についても、私は自分で決めてしまった。お医者様が目を丸くして、「え？　みんな3か月は入院しますが？」と言うのを横目に、早々に自分で決めて1か月で退院してしまった。入院していても、ベッドにいるか、リハビリの時間のみ歩くか、であろうと思ったのだ。

退院した私は、毎日病院のリハビリに通うために、歩けないながらも杖をつきながら駅へ向かい、電車に乗る。電車を降りて、改札口からエレベーターまでの距離が、なんと長く感じられたことか。雨の時は、その通路で傘も杖も落とし困り果てていた。そこへおばあさんが来て笑顔で拾ってくれた。人の温かさ、優しさが身に染みた。

健常となった今、そこに立つと、「こんなにもエレベーターまでが近い！」と感じる。人の感覚とは、これ程違うものなのか。歩けなくなったために、車椅子での移動もあり、道路や建物内のバリアフリーについても、そして「ヒトが歩く」という機能についても、とても勉強になった。

沖縄の美ら海水族館での笑えるエピソードもあった。リハビリ中に元夫と沖縄旅行をした。広い美ら海水族館の敷地の中、電動車椅子で移動していた。

そして、人工尾ビレを付けてもらったイルカのフジコちゃんのいる水槽まで車椅子で1人で会いに行った。病気で尾ビレを切断してしまったフジコちゃんは、人工尾ビレで、なんとか泳いだり、水面に高々と尾を持ち上げたりしていた。自分の今の状態と重なり合い、応援したい気持ちで、しばらくそばで見ていた。

そこを離れて水族館へ戻る途中、坂道の最後を電動車椅子が上りきれなくて、車椅子が後ろへ真っ逆さまに転がった。イルカのフジコちゃんの写真を撮りたくて、一眼レフカメラを首から下げていた私は、そのカメラをかばいながら横へ転がった。

その様子を見ていた大勢の人たちは、悲鳴を上げた。

「大丈夫ですかー！」

「あ、はい、カメラは、壊れませんでした」

「あなたは？　どうして1人で」

「あ、どこも怪我してません、大丈夫です」

奇跡的に無傷。黒山の人だかりが出来て、恥ずかしい。係員が心配する中、そそくさと、電動車椅子で水族館へと戻って行く私。

カメラを首から下げていたから助かった。カメラが、一番先にコンクリートに叩きつけられる図が頭をよぎったから、瞬間的にカメラをかばうために横へ逃げた。そうでなければ頭から落ちていただろう。今でも、スローモーションで思い出す瞬間だった。

やはり私は、「転んでも100円拾って立ち上がる」タイプのようだ。今回この四肢が動かなくなったのは、大きな試練であるとともに、ある意味、知らないことを知るいい機会なのだろうか、と感じた。

人は無意識に、1歳くらいで歩き始める。しかし私は、歩けなくなって、歩くことの試行錯誤を繰り返し、より良く効率的に歩くことを学んでいった。それは、いま先が重要であった。1歳の子供が歩けるようになって、どこまでも歩いて止まらないように。歩くこと、それは、楽しくて仕方のない時間となった。

HARU

私には、諦められないことがあった。

もう一度ダイビングをして、水中写真を撮影する。

癒される写真を撮り、多くの人に笑顔になってもらいたい。


夢を諦めない。


病気から2年後、推薦を受けて日本人初の代表選手として、韓国の済州島でのCMAS水中写真世界大会に参加することができた。

それは、決められた範囲内、時間内で、安全を確保した規約の中で行われる。審判員の目の前でデータを全て消去してから、ダイビングして撮影し、水中から戻ったら、カメラの封印を審判員が取り、データを渡してコピーされる。つまり、加工のできない本来の写真としての意味を持つ水中写真が評価される、水中写真のオリンピックのような大会。

それは私を魅了した。リハビリを頑張れて良かった！　水中は、陸上よりも動きは自由だ。大きな水中撮影機材も、思う存分に操れる。

また、その後のCMAS水中写真アジア大会では、念願の受賞、ワイドアングルと、ワイドアングルウィズダイバーの2部門にて銀メダル2つを獲得できた。

ギランバレー症候群とは、年齢、性別、生活習慣などに関係なく、誰でも突然かかる可能性がある難病。女優の大原麗子さんも1度かかり、回復したものの、突然1人で亡くなっていたのも、これが原因だと考えられると言われているようだ。

今でも、自分自身、恐怖心にかられることがある。だるくて疲れて、手足が重く感じられると、「まさか⁉」と。夜は不安で、果たして私にちゃんと朝が来て、目が覚めるのだろうか？　今日限りの命なのではないだろうか？　などと思うこともある。

もしもの時のために、血清グロブリンが準備されている近くの病院を調べてある。携帯も手の届くところに置いて、動くうちに連絡できるようにしている。そして、風邪や下痢などを患った後の1週間は、体調に気を付けて、予兆がないかと自己分析する。脳梗塞のように、突然状態が変わるのではなくて、数時間で徐々に症状が進んで現れるので、その時間内に早く対処すれば、きっと大丈夫。

そして、何よりも、「今日限りの命！」かもしれないと思い、日々を悔いなく過ごす！

人に優しくできただろうか？　笑顔になってもらえただろうか？　心に残る時間を過ごしてもらえただろうか？


幸せとは、人の笑顔と触れ合えること。

プライスレスな時間をどれだけ過ごせたか、ということ。

瞬間をプレゼントと言うらしい。

神様からのプレゼント。

この瞬間に感謝して、神様から大きなプレゼントを受け取る。

ココロには、たくさんのプレゼントが溢れている。


ちなみに、現在は、スキューバダイビングのインストラクターとして、タンクを両手で軽々と持って歩く程になっている。おそらく平均をはるかに上回るであろう体力の持ち主となり、多くの人に海を楽しんでもらう仕事も行えている。

そして、水中写真を撮影して、いくつか写真展も開催して頂き、見る人に癒しの時間を過ごしてもらうこともできている。

その写真展の会場に置いてある、私の水中写真展の感想ノート「じゆうちょう」は、子供たちが自由に絵を書いたり、写真の感想を書いてくれている楽しいノートとなっている。

その中に、感動のひと言が書かれていた。

「生きようと思いました」

胸が締め付けられ苦しかった。そして、全身にさざ波が立ち、熱いものが込み上げてきた。

そう、生きてこそ。生きていこう。死ぬことを思いとどまったのだろうか？

死ぬのは簡単だ。生き抜くのは辛い。でも、生きていく。生きていこう！

もし、海の写真や、海で生きていく生物たちを見て、もう少し生きてみよう、と思ってもらえたなら。私にとっても、その日は人生最良の日と呼びたい。この日、この瞬間まで、生きていられたことに、心から感謝します。正に、素晴らしいプレゼント！

私は働く。人が動くと書いて、働く。

はたを楽にする、はたらく。

はた（まわり）を楽しくする、はた楽。

私自身も動いて楽しみながら、今日も、はたらく。

11/17(土)
海の色がきれいです。癒されます。
私は医者に「死に方を考えなさい」と言われました
ただ前を向いて生きていた事がこんなことになるとは——
と思ってしまったが、周りの大きな愛で再び生きる事を
選びました
どう生きるかはまだはっきりしていませんが……

こんな時の水野さん本と写真に出会いひかれました　ま子

4/17(土)

生きようと思いました。

11月20日.

第2章

感動冷めやらず――筋疾患の難病からの奇跡

難病に負けない！　海は楽しい！

Mくんとの出会いは、スキンダイビングインストラクターの講習で、熱海で泳ぐ日のことだった。講習受講の女性は、息子のMくんの運転で一緒に来られた。そして非常勤でお手伝いしてくれているAちゃんと、その仲間との5人が、熱海の海に集まった。

私が、かつてギランバレー症候群で全く歩くことができないところから、リハビリして今に至ることを、以前Mくんのお母さんに話していた。そんな経緯から、Mくんのお母さんは、息子のMくんが患っている筋疾患の難病について、私にお話しして下さった。

「息子は、母親の私が海に行くようになって、母の笑顔が増えたと、人に話していたそうなんです」とのこと。

やはり、母親の嬉しそうな顔を見るのは、幸せを感じることなのだろう。

Mくんは運転が好きだから、お母さんを海まで送ると言って、熱海まで一緒に来てくれた。車のそばに立っていたMくんは、純粋な感じのする背の高い青年だった。

海を安全に楽しむこと、そして、みんな海の栄養をもらって元気になってくることなどを話しながら、私は講習に入った。

歩けなくなった私の病気のこと、歩き始めた感動と、うまく歩くためのそれからの工夫。そして、ダイビングでのフィンワーク（足ヒレの扱い方）にも、それが生かされていることなど、私が話している時も、Mくんは注意深く聞いてくれていた。

私たちが海で楽しそうに泳ぐのを、Mくんは椅子に座って優しく見守っている。手を振り合ったり、名前を呼んだり。みんなも、潜って大いに海を楽しんだ。

そして、海から上がり、私はMくんに提案してみた。

「腰くらいまで海に入れば、お魚見れるのよ?」

朝は、頑なに「海には入れない、入らない」と拒否していたけれど、楽しそうに泳ぐみんなの姿や声で、「天の岩戸」が、ほんの少し開いたかのようだった。

お母さんが、「99パーセント無駄になるだろうけど」と、出がけに車に入れてきたマスクとシュノーケルが登場した。そしてMくんは、海の中を覗いてくれる気持ちになったのだ。

「行ってくるよー」と笑顔でみんなにピースをしているMくんの写真も撮れた。

Aちゃんと私の2人で両側から抱えて、ゆっくりと海へ入って行く。

顔を水につけたら、目の前をお魚が通過！

岩の隙間のウニやサザエを見たり、楽しそう！

もうこれを見ただけでも、お母さんの顔はぐちゃぐちゃになって嬉しそうだ。それを見て、Mくんの顔もほころぶ。


お母さんの笑顔が何より嬉しいはず。自分の行動が、お母さんを笑顔にしている！自分が笑えば母親も笑う。そして、周りの人も笑顔になる。Mくんはゆっくりと母親の元に戻る。その背中は自信を感じさせ、朝よりもたくましく見えた。


そして、また私たちは、講習で海へと入っていく。Mくんには監督のように椅子に座ってもらい、みんなを眺めていてもらう。

みんなも、子供のように海ではしゃぎ、お魚を見て、潜って写真を撮ってもらったり。時々、Mくんへ手を振って名前を呼んだり。Mくんも静かな笑顔で手を振り返す。


その時突然、海の様子が変わった！

生温かい潮が入ってきた。そして、それは濁りを連れてきた。今見えていたお魚たちが、どんどん見えなくなっていく！

私は焦った。あの青い魚たちを、Mくんに見せてあげたい！　今しかない！

Aちゃんに頼んで、みんなに海で泳いでいてもらい、私はダッシュで泳いで戻ってMくんへ声をかけた。

「海がどんどん濁って見えなくなってきた！　今ならまだ見えるから、このすぐ下に、青い魚たちがいるから、見に来て！」

Mくんは、じっと考えている。うつむいたまま動かない。

「私が、ずっとついてるから！　一緒にいるから！　きっと大丈夫だから！」

目を閉じた横顔が、そっと動いた。

ゆっくりと顔を上げ、目の前の海を見た。

椅子の肘掛けに手をやり、自分の身体に「立ち上がれ！」と心で声をかけたように見えた。

スローモーションで、椅子から自分で立ち上がる長身のMくん。1歩ずつ、ゆっくりと、ほんの少しずつ足を進めながら、水辺に近づいた。

私と手を握り、滑らないように用心しながら、海に身を預けるように浮かんだ。熱海の海には温かい温泉の樋があるので、私たちを待っている時に身体が冷えないようにと、その中でウエットスーツを着てもらっていた。ウエットスーツは身体全体に浮力が効いて、とても自然に浮いていられる。

「そうよ、身体の力を抜いて、ふわりふわりと、気持ちいいねー」

仰向けなった私に覆いかぶさるようにしながら顔をつけた海では、青い魚たちが出迎えていた。

「ほら、あそこ！　可愛いねー、綺麗だねー。やっぱり、海に入って見れて良かったねー」

近くまで泳いで来たMくんのお母さんの驚きようは、尋常ではなかった。夢でも見ているのか？　というように、我が子を見守りながら、そして泣いていた。

「ほうら、お母さんと同じ海の中を一緒に見れて良かった！　濁って見れなくなる前に、見れて良かったね！」

浮いているだけでいいからね、と言ったけれど、私が陸上でレクチャーしたように、フィン（足ヒレ）を付けていない足を、ゆっくりと動かしてキックしている！

自分の、進みたい！　という意思が脳から伝わり、わずかな筋肉の足を動かし始めている！　その姿には、周りの誰もが目を見張った！　次にフィンを付けたら、もっと自由に水面を移動できる！　陸上よりも自由に！

波打ち際まで戻り、私とAちゃんで、両方から肩に手を回すようにして、Mくんの身体を水から引き上げた。それは重く、あんなに細い身体なのに、私たちはよろけるのを必死に堪えて立ち上がった。

両側の私たち2人は身長が低いので、両腕をそれぞれ2人の肩に掛けている長身のMくんを立ち上がらせることは難しかった。ドライエリアまで、このままなんとか連れて行くしかない。お母さんは不安そうに見守っている。

その時、奇跡が起こった。

ふと、肩に掛かったその腕から重さが消えた。スローモーションでMくんは、曲がってだらりとなった膝に命を吹き込むように、足をまっすぐにして立ち上がった！

両側の私たちは、バランスを崩さないように気を付けながら腕を取り、水際からドライエリアへと歩いて到着した。

健常な人ですら、無重力を味わってしまった身体は、水から出ると、急激に重く感じてしまう。それなのに、これは？

ドライエリアに着いたら、３人とも座り込んでしまった。その笑顔は光に包まれて眩しかった。横では、お母さんが泣きながら笑っている。みんなも、笑っているのやら泣いているのやら、とにかく笑った。声を上げて笑った。


「いやー、お魚、可愛かったー！　見れたねー！　次は、あのお魚のすぐそばに行こう！　水面で空気のタンクを背負えば、重くないから！」

そんな会話をしながら、Mくんは運転してきた車に乗り込み、母親を助手席に座らせて、明るく挨拶してくれた。

「ありがとうございました！　またお願いします！」

「かっこいいよ！　無理をしないで、疲れたら休み休み、気を付けて帰ってね！」

手を振るその横顔は、自信がみなぎっていた。母親を無事に家に送り届ける！　それが彼の次の仕事だ。


私はその日の夜、不思議な感覚になった。

あの、海からMくんを必死に引き上げようとしている自分とAちゃん。そして、真ん中には長身のＭくん。アラウンドビューモニター（３６０度方向からぐるりと見える）で見ているかのようなその姿は、十字架に架けられたイエス様のようだった。膝は曲がり、両側の腕は、だらりと力が抜けて、首はうなだれて。それなのに、復活したイエス様であるかのように、そこからスックと立ち上がった。

ああ、神様が現れた！　このＭくんの身体を通して、私に奇跡を見せて下さった！　大いなる感動に包まれて、私は身体中が温かくなった。

その興奮は、３日間冷めることはなかった。幸せを分けてもらえた。思い出すだけでも、笑顔になれる。良かった、本当に良かった。

そんな私を見て、ウチのワンコも、下の白い歯を見せて笑っている。そう、幸せも笑顔も伝染する。嬉しい伝染をありがとう。

次は、スキューバダイビングにチャレンジして、水中を自由に動こう！　夢は叶えるためにある！　実現してこその夢！　夢が夢ではなくなる時、それは満ち足りた時間。

そして、体験ダイビングにチャレンジとなった。もちろん、陸上では重いスキューバダイビングのタンクを背負えないので、水面に浮かべて、ウエイトも、フィンも、機材も、全てAちゃんと２人がかりで着せて完成。水中では、あの重い機材も無重力となる。

操作はもちろん私が全てやりながら、少しずつ水中へと入っていく。あの、かつてシュノーケリングで水面から見ていた、青色の魚たちのところへ向かった。呼吸は、ゆっくりと落ち着いていた。

私が支えて引っ張っていくのだが、本人は身体の力が抜けて、宇宙飛行士のようになっている。３メートルほどの海底に達すると、膝をついて目の前のお魚たちを夢中で見ている。

そして、港の中の桟橋の下には、たくさんの魚たち。そのシルエットをゆっくりと輝く目で追っていく。私を見ては頷いたり、また魚たちを見たり。そのワクワクは、水中でしっかりと伝わった。

お母さんは、スキンダイビングで近くに潜ってきては様子を見ている。私は心配と緊張を和らげるために、お母さんにも手を振り、Mくんにも、お母さんを指で示すと、お母さんへ手を振り返して、私に頷く。

20分ほどの水中ではあったが、ゆっくりと浮上した私は、水面のお母さんと目が合った。お母さんはマスク（水中メガネ）を付けているが、号泣していた。海水か涙か分からないほどに目を赤くして、笑いながら泣いていた。

Mくんは、ライセンスにもチャレンジしたいと言い始めた！　お母さんをはじめ、みんなが驚いた！　自分は無理だ、無理だ、と言っていた最初からしたら、なんという前向きな変わりようだ！

水中で、ずっと捕まえられている体験ダイビングよりも、水中でのアクシデントに自分で対応できるようになれば、それこそ安全だ。もちろん通常通りの内容の全てをクリアできなくても、学習して知識をつけて、そして、いつかは独り立ちへと、希望を持って。

私は、Mくんに約束してもらった。

「これからは、ごめんなさい、申し訳ない、という言葉は、なしでね。ありがとう！だけにしようね。ありがとうは、自分も周りも元気にする言葉だから。そして、自分がタンクを背負って、１人で歩いて海へ向かう、そんな自分の姿をイメージして潜ろう！」

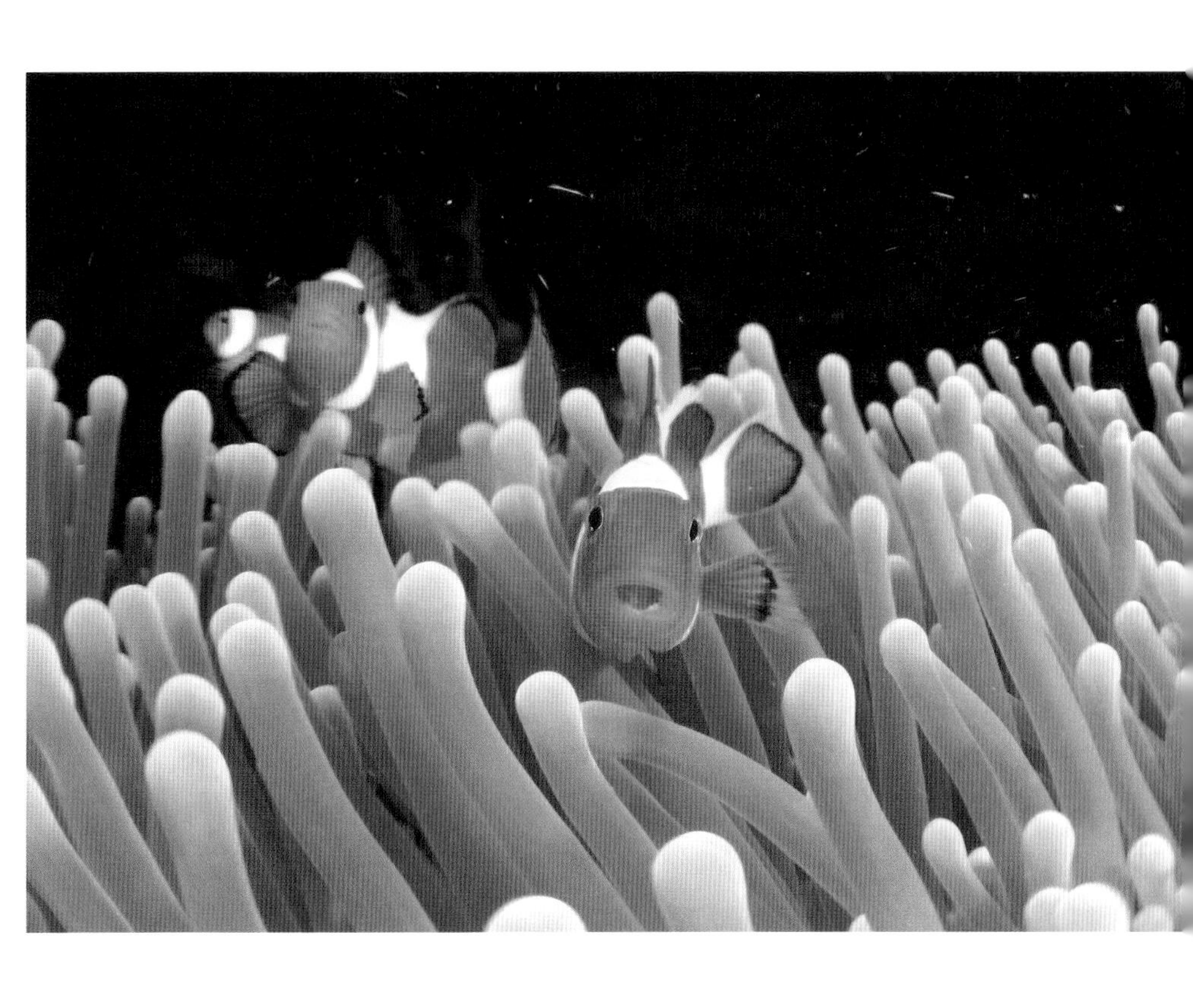

そして、お母さんと、ヘルプしてくれる周りの仲間たちとも、以下のような約束をした。

「これは本人が選んで望んだことで、自分で潜りたいから、私たちは力を貸す。だから、もし最悪のことが起きても、決して自分を責めないこと。やらなければこうならなかったかも、と思ってはいけない。楽しい時間を、感動の瞬間を共有できたことの喜びが勝るはず。だから、それぞれが自分を大切にすること」

ところが、プールや海でのライセンス講習も、その後の、水中カメラを使いたい、潜りたいという気持ちが、身体を前へ前へと進ませていった。

家の水槽のお魚の写真を撮るのが大好きで、それが楽しみとのことだった。次は海のお魚を水中で撮影する！　それが目標となり、そしてそれをも現実のものとした。

水底で小さなお魚に近寄って、自分の水中カメラで夢中に撮影していた。陸に上がれば、みんなでそれを見て、さらに楽しい時間を過ごす。

描いた夢は、両手を広げて迎えてくれる。

いつもの海の施設では、車からトイレへの、坂道になっている25メートル程の距離を1人で歩けなかったのに、その後、ゆっくり、確実に、自分で歩いている。バランスを崩した時のために、すぐに掴まれるようにと、私はそばを歩くだけ。

私も、全く歩けなくなった経験から、足の運びや、坂道の大変さもよく分かり、「坂道の下りでは特に、こうしてバックで歩いたりすると、多少は楽なんだよね」などと話しながら。

最初見た長く感じる距離は、歩けるようになると、不思議と少しずつ近くに感じる。きっとMくんにも、同じ距離のトイレは、だんだんと近づいてくる。

筋肉がわずかしか付いていない細い足なのに、脳みそは確実にコントロールし始めていた。これは奇跡を起こせるのかもしれない。

お医者様に治せない、治す薬はない、と言われても、自分の身体は自分が支配していく。Mくんの脳みそは今、スキューバダイビングのタンクを背負って、ゆっくりと海へ向かう自分の姿をイメージしている。そして少しずつ、そこへ向かっている。

産みの母より海の母へ。

私はMくんをお母さんからバトンタッチされて、海の楽しさを伝えた。そして、Mくんはさらに笑顔が素敵になって、産みの母の元に帰っていく。

産みの母は、悲しい思いを、ようやく希望に変えていた。かつて長男を海で亡くしていた。しばらくは、海に入ることはもちろん、見ることさえ辛かった。けれど、息子が愛した海を、海の中を覗いてみたくなった。海に身体を委ねた時、優しい温かな気持ちに包まれた。

海は繋がっている。


「息子に会っているような気持ちになれた。

今、その弟が海に入って、楽しくて仕方のない笑顔を見せてくれている。疲れ果てても、家に帰れば、父親に『楽しかった！』と様子を語り、そして満足そうに眠る。

こんな時間が訪れるとは、考えられなかった、あの頃。

お兄ちゃんも喜んでいる。そう思えた」

そんなふうに、Mくんのお母さんは柔らかな笑顔で私に話してくれた。

Mくんは、私に語ってくれた。

「実は、兄は海が大好きだったけれど、僕はどちらかといえば、海が苦手だったんです。でも、兄がそんなに好きだった海の中を、初めて覗いたあの時に、兄の見た景色と近いものを見れたのかもしれない、と嬉しかった」

そうね、全ての思いも、みんなの歓喜の涙も、何も語らずに受け止めてくれる海は優しいね。Mくんのお父さんの言葉が今も忘れられない。

「長男は亡くなったけれど、それにはきっと何か意味があるように思う」

亡くなるという字の下に心がついて忘れるという字になる。悲しみは忘れて、亡くなっても心にはいつもいてくれる。忘れない、そう思える。

生きているその時を精一杯生きて、Mくんのお兄さんは次の世界へ旅立った。笑顔と、たくさんの思い出を家族に残して。

そして、海と繋がり、海を感じて、楽しかった家族一緒に過ごした思い出を、再びみんなで語り合うひと時。その兄の存在は目には見えないけれど、家族の中で生き続ける。そして弟は、新しい春を迎えて、誇らしく新たな自分の人生を歩んで行く。その弟へ、パワーを送ってくれている。

その後、Mくん、お母さん、そして仲間たちと出かけた初島ダイビングでは、台風の後でエントリー付近も大変な状況となっていた。
波の高い海を眺めながら、みんなで半ばあきらめかけていた。そして、Mくんに「どうする？　海に入る？」と聞いてみた。すると海を見つめながら、しっかりと「はい。やります！」と頷く。その横顔は、とても男らしく強い意思を感じられた。

そして仲間たちと、力を合わせて、Mくんのダイビングをサポートして、潜ることができた。私は安堵と共に、その時は父親との気持ちの入れ違いで悩んでいたことも重なり、海の中でこっそり大泣きしていた。
Mくんが無事に海に入れて良かったとの思いと、理不尽な事が多い自分の現在が悲しくて、その思いの全てを海に受け止めてもらった。

でも、初島で会えるイルカたちは、私がいつものイルカの声でいくら呼んでも、その日は会いに出てきてくれなかった。

海から出るときは波にもまれて、みんな必死になりながらも頑張った。みんなを無事に陸に上げて、私が最後の時、ふと海の先を見ると大きな波が私に襲い掛かろうとしていた。

「どうしよう！」と思ったら、なんと、その波が私を優しく陸に上げてくれた。とても不思議な感覚だった。

みんな笑顔で帰った後に、Mくんのお母さんと、メールのやり取りをした時に、その時の不思議な思いは解明された。

私が父親との理不尽な事があって、海の中で泣いてしまったことを少し伝えたら

「そうだったんですね。そんな辛いことがあったんですね。イルカは全てわかっているんでしょうね。イルカが会いに来てくれてたら嬉しいけれど、きっと思いきり泣くことはできなかったでしょうし。泣くことの大切さ、わたしもよくわかりましたから」

「あの時わたしは長男に『この海の中へ入って大丈夫？』って聞いてみたんです。そうしたら、海の、自然の脅威を知るのもいいと思う……って言っているように感じたんです。

イルカに会えなくて残念だったけど、あの時は会えなかったから余計に、自然の怖さが強烈に印象に残って、それはそれで良かったんだと思いました。

そして、息子は参加出来なかったけど、次にまた一緒に行った時にも聞いてみたら、長男は笑っている気がしたので、『あー、きっとイルカに会えるな〜』と思いました。そうして、すぐ近くにイルカたちも来てくれましたね。息子もイルカに会ってみたいようなので、べた凪の初島でリベンジ出来たら嬉しいです」

やはり、みんな守られている！　私たちはMくんのお兄さんからも力を借りていた。私が海から上がるあの時、自分の機材を背負いながら、Mくんの機材を引き揚げようと必死だった。その時、大きな腕に包まれるように、波が水のないところまで私を運んでくれたのだ。

感謝の気持ちで、私はまた祈った。ありがとう。

Mくんの勇気ある決断とチャレンジは、夢を失いかけた人へ、希望の光を与えるものと思う。夢を諦めない。自分にも出来るはずと、信じる事で、周りの人たちの力をも借りて、知らない世界を知ることが出来る。そして、この世に命を受けた意味を探りながら、一歩ずつ進んでいく。

共に今を精一杯、生きる。

第２章　感動冷めやらず——筋疾患の難病からの奇跡　64

第3章

不思議なご縁——脳髄液減少症の絶望と未来

難病の「脳髄液減少症」となって、辛い日々を過ごしているその女性Qちゃんは、私をお母さんと呼ぶ。

熱海の病院で専門医の先生に診てもらえるので、たまに熱海へ来ていたそうで、スキンダイビングやモノフィンを習いたくて私に連絡をくれた。海が大好きで、この病気も海やプールに入っていると、症状が落ち着いて楽になるのだそうだ。

数年前、車に跳ね飛ばされること、2回も！　その時に、脳髄液が漏れ出してしまう今の難病になってしまったという。

脳みそは、ダイビングで言うところの中性浮力のように、髄液にプカプカと浮いているのが正常な状態らしい。それが、どこか髄液の細い管が傷付いて、脳髄液が漏れ出してしまうと、重力によって脳みそが落ちてきてしまい、ひどい頭痛やめまいなどで、立っていられなくなってしまう。

Qちゃんは、私と海に入って、人魚のように泳いだり潜ったりして元気になってきた。

ふと、私の娘の話題となり、

「娘さんの名前はなんと言うの？」と聞かれた私は、

「Nだけど、生まれる時に3つ考えていてね。Nはホンワカしたのんびりやさんでね。もう一つの名前は、すらりとした美人で冷たい雰囲気がするけど、本当は情に厚い子で、じゅりちゃん」

「えー！　私の名前は、Qとじゅりとで両親が迷って、Qの方になったのよ」

「そうなのね。あともう1人は男の子で、優しく物静かな子で、しょうくん」

「えー？　私の息子は、しょうくん！」

若くして子供を産んで、女手一つで育て上げた一人息子がいるとのこと。私たちは、もしかして前世から縁があったのかな？　だから、会ってすぐに私を「お母さん！」って呼んだのかな？

私は子供が生まれる前に、その3人が頭の中に浮かんできたけれど、生まれたら、「あ、Nが来たのね」と思った。Nは育ってみたら、夢で見ていた通りの子だった。優しくて落ち着いていてゆっくりペース。

それからは、私たちは「じゅりちゃん」「ままこ」と呼び合っている。娘のNも、小さい時、私を「ママちゃん」と呼んでくれていて、とても可愛かった。


熱海の病院での大手術の時、じゅりちゃんから前日に電話をもらった。

「おにぎりを10個作って持って来てほしいの、白いご飯が、ままこのご飯が美味しくて、食べたくて」

私の娘のNも、私のおにぎりが大好きで、小さな時から、大きなおにぎりを頬張っていた。

中身をいろいろにして、おにぎりを10個持って病室へ行った。じゅりちゃんは、辛い検査が終わって眠っていた。じゅりちゃんの大好きな海の写真の小さな額を枕元に置いて、しばらく目覚めるのを待っていたら、夕食前のお茶を持って来た人に起こされた。

それでも、朦朧としているじゅりちゃんに、「おにぎりを持って来たよ」と言うと、「食べる！」と、10個のおにぎりを枕元に全部並べ始めた。私は時間になったので病室を後にした。翌日、じゅりちゃんから、「手術は成功したよ！」と嬉しい電話をもらった。

おにぎりの話を聞くと、
「夜には、なかったから、手術の前までに10個全部食べたのだと思う。海の写真、置いてあったの、ままこでしょ！　ありがとう！」
一歩間違えたら命を落としかねない難しい大手術。私は一晩中、無事を祈っていた。成功して本当に良かった！

そして、宮古島ダイビングツアーにも一緒に出かけて、みんながダイビングで潜っている間は、スキンダイビングをしたり、船の上でゆっくりしたりして楽しんでいた。水に入れば美しい人魚のようで、同行したみんなも、共に心から喜んで過ごせた。

「熱海に住めるといいね」と話していたけれど、ある時、トラウマに襲われて、意識を失った拍子に倒れて大怪我をしてしまい、地元で入院となってしまった。退院し、通院して点滴を受けながら過ごしていた。

しかし、なんということか！　三たび車に引っ掛けられて、病院へ搬送されてしまった。でも、この難病があるので、救急隊に頼み込み、熱海の病院へ入院できることになったという。

その時に、すぐに連絡をくれたので、病院へ駆けつけた。じゅりちゃんは、顔も手足もアザだらけで、泣き腫らしていた。

「もう死にたい」と私に抱きついてきた。

「可哀想だったね、もうここに来れたから、きっと大丈夫よ」と頭を撫でて抱きしめた。頚椎損傷で、その怪我のせいもあって右半身が不随となり、現在は車椅子となってしまったが、歩けるようになるよう日々リハビリに頑張っている。

「自分に負けない！」と自分自身を励ましながら過ごしている。

また、暖かくなったら、熱海の海で、ゆっくりとみんなと一緒に泳ぐ日が、必ず来るはず。そして、体調を整えて元気になっていってほしい！　夢を叶える時間へ向かって行こう！

病気になってしまってから、辛い日が続いているけれど、その難病がきっかけで熱海に来るようになって出会えた。もしかして、前世は母娘だったのかもしれない不思議な縁を感じている。
不運にも3度目の交通事故に遭ってしまったが、運ばれたのが熱海の病院だったのも、神様がそうしてくれたのではないかと思えてしまう。そして、産みの母とも、熱海の病院で初めて会えた。
「私はこの病院に近いし、娘のように思っているから、私がやれることであれば、やってあげられますので」
とお母さんとも話して、短い時間だったけれど、3人で過ごせて良かった。

そんなじゅりちゃんのことを、看護師さんでもあり、熱海で「おはな」という介護タクシーの仕事をしている愛美ちゃんに、ふと話したら、「とにかく水分をマメに取るように伝えて下さいね。その病気は、水中はとてもいいですよね」と、天使のような笑顔を見せてくれた。

そして、同じ難病の脳髄液減少症の方も熱海の病院へ送迎していると言う。私の海の写真のポストカードセットをあげてくれたそうで、海の写真に癒されていると聞いて嬉しかった。

ロシア料理のカフェにいらした男性が、なぜかふと話して下さった。その方の息子さんも、同じ難病で何年も苦しんでいるという。高校のラグビーで首を痛めて、この病気になってしまったことが分かったらしい。その検査で熱海を訪れたという。検査が終わり、親子でカフェにも来てくれた。

ロシア料理のカフェ・ベルゥーガは、1人で訪れて下さるお客様の中に、自分の気持ちをお話しして下さる方が多い。泣いてしまう女性も何人かいた。そういう時は、何故か必ず店内にお客様はその1人だけで、ココロ静かな時間を過ごしてもらっていた。海の写真に囲まれて、ふと、海に抱かれる感覚になってくれて、癒されるのではないだろうかと感じている。

熱海の病院を治療や手術で訪れ、熱海の海を見ることでパワーをもらって、みんな早く回復してほしい。心からそう願っている。リハビリのためにも、いつか一緒に海に入れるようになったらいいな、と思いを馳せている。

私は、かつて、すっかりココロが傷ついて、どうして生きていかなくてはいけないのか、と悩んでいた。疲れ果てて、頑張っても何も報われない、幸せなんて自分には無縁なものなんだ、と思いながら過ごしていた時期があった。

今の私を知る人には、到底理解できない程に自己否定していた。今でこそ、モラハラという言葉もあるが、私はいつも家では罵倒され続けて、自分は人間としてなんの価値もないのではないか？　と思って過ごしていた期間が長かった。つい2年程前にも、そんなことがあった。罵倒されてトラウマに襲われると、過呼吸で呼吸困難となり、苦しくて突発的に死んでしまいたくなる。

そして、ワンコを連れて、夜の海を見るために飛び出して行った。大きく深呼吸して我に返った。それをきっかけとして、理解し得ない人からは離れて、新たな人生を生きる選択をした自分だった。

同じことが、じゅりちゃんにも起こってしまった。夜、病院で同室の人に罵倒されたらしく、過呼吸で泣きながら電話をしてきた。すぐに病院に飛んで行き、抱きしめた。

じゅりちゃんは、号泣しながら、

「私は何も悪いことしてない！　なんでこんなことを言われるの？　もう死にた

い！　いやだ、生きたい！」

朦朧とした意識のまま、泣きながら息も絶え絶えで、めちゃくちゃになって叫んでいた。

こんなに辛いなら死んだ方がまし、いや、自分は生きていく！　それが頭の中でぐるぐる回っているかのようだった。


1分間におそらく100回以上の呼吸の速さで、このままでは酸欠になってしまう。

「大丈夫だよ、ここは海だから、ゆっくりと息を吐いて、吐いて、吐いて〜。上手だよー。そして、たっぷりと息を吸おうね〜」

抱きしめながら、耳元で何度も繰り返した。やがて落ち着いてきて、じゅりちゃんは眠りについた。看護師さんも私に、

「お母さんが来てくれて良かったです！　私たちにはできなかったですよ」

と、笑顔を見せてくれた。


翌日、じゅりちゃんが電話をくれた時には、晴れ晴れとした声で、

「ままこ、昨夜、来てくれて落ち着かせてくれたの、ありがとう。看護師さんが、昨日のは、お母さんじゃなかったよね？　って言うから、海の母だよって言ったの」

リハビリを頑張って、海に入れる日もきっと近いはず！　車椅子でどこへでも行ける。そして、いつか自分の足でまた大地を踏みしめて海へ向かい、美しいマーメイドにきっとなる。

私には、守るべき愛するワンコもいて、まっすぐに私を見つめている。そして、私を母として慕い、ココロの支えにしてくれる愛すべき存在も。

私も、死なない。

たくさんの出会いがあり、笑顔から幸せをもらい、そして、大好きな海からも人からも愛を教えてもらって、自分の生きる意味を知る。

私のココロを救ってくれた海。そのパワーを、何かで苦しんでいる人へ伝えたい。

そして、じゅりちゃんの、この理解されにくい難病を、同じ症状で人知れず苦しむ人たちのために、世の中へ伝えたい。広く認知されて、研究が進み、より良き解決のための治療方法の開発へと、どうか向かいますように。

脳脊髄液減少症の症状と、じゅりちゃんが行った手術をじゅりちゃんのお母さんが記録していた。ここに記しておきたいと思う。

頭痛、頚部痛が最も多い症状
カラダを起こした後、増悪する、背部痛、上腕痛、吐気・嘔吐、食欲低下、全身倦怠感、複視（物が2重に見える）眼球の裏が痛い、視力・視野障害、過度のまぶしさ、聴覚過敏、耳閉感、めまい・ふらつき感、顔面の筋力低下、しびれ感、味覚異常、発汗過多、などの症状

低髄液圧症候群、右大腿神経絞扼性障害、解離性障害、心的外傷後ストレス障害、高次機能障害（何度検査しても）、パニック障害、繊維筋痛症、脱力感、倦怠感、慢性疲労

じゅりちゃんの事故後の手術の回数
胸郭出口、右首手術、左首手術、胸部手術、右大腿神経剥離術、ブラッドパッチ3回、人口髄液アートセレブ1回

じゅりちゃんは、4回目のブラッドパッチの手術を受けて、退院した。痛みにも耐え抜いて、頑張った。

私もじゅりちゃんも、熱海でいくつもの出会いに救われた。

きっとこれで、良くなる！　車椅子から、やがて自分の足で歩けて、描いていた夢へ、幸せへ向かって行ける日が来る。そう信じている。

星に願いを。月に祈りを。

私が17歳の時に作った歌が、２０１９年の春に突然蘇り、そして2番も出来た。ここに記しておきたいと思う。

「朝焼けの海」　作詞・作曲　水之京子

朝焼けの 海を見るため
旅立ちたかった
ささやかでもいいの 心を知りたい
ちいさくてもいいの 夢を求めたい
届いた便りは 瓶の中のうた
波に身を任せ 誰かの元に着くことを
朝焼けくんに尋ねたのでしょうか
私の返事は 貝の中に書く

波に身を任せ 愛する人へ 着くように
空と海の溶け合う彼方に 祈りを捧ぐ

朝焼けの 海に佇み
旅路の途中で
１人でもいいの 生きていけるから
２人ならいいいな 生きていきたい
繋いだ手の中 心が見えたよ
波に身を任せ いつしかきっと会う事を
朝焼けくんは知ってたのでしょうか
私の未来は 合わせた手の中
波に身を任せ 幸せな時 刻んでく
空と海の溶け合う彼方に 命を繋ぐ

朝焼けの 海を見るため
旅立ちたかった
ささやかでもいいの 心を知りたい
ちいさくてもいいの 夢を求めよう

第4章
海の母に会いにおいで
——事故で全身大怪我からのダイビング復活

加藤くんは、私の元を訪れて、仲間たちとライセンス取得講習に参加して、ダイビングを始めることとなった。海をたまに楽しみながらの2年が経過したある日。バイクで仕事中、トラックに突っ込まれる事故で身体中を複雑骨折し、3日間意識不明になった。

あまりの痛みと精神的過酷さから誰とも会えない日が続き、3か月後に、やっと私はお見舞いに行くことができた。少し笑顔を取り戻したが、車椅子生活はしばらく続いた。その状態の自分を受け入れるのに、かなりの時間がかかったようだった。

3度目の手術の後、リハビリ生活の中、ダイビングを再びしてみたいと、気持ちが上向きになった。そして、ダイビングプールでその思いを果たすことが出来た。陸上では、杖でゆっくりと歩くのがやっとだけれど、水面に浮かべた機材を装着して潜った時、久しぶりに自分の足が自由を取り戻し、進むことができた。

「松葉杖なしで、行きたいところへ行ける！」
その心地良さに、辛かった時間が徐々に流されていく。

その後、フィリピンのボホール島へのダイビングツアーにも加藤くんは参加した。車椅子で空港を移動すると、どこでも最優先してくれて、みんなが手を貸してくれる。ボホール島に到着した飛行機から、手を振ってタラップを降りてくるのは、まるで大統領！　笑顔が眩しかった。

ゆっくりと確実に降りたタラップの下では、車椅子が用意されていて、ほっとひと息。小さな飛行場なのでビルもなく、そのまま地上の移動で空港の外へ出て行けた。

到着したリゾートのプールでも、大はしゃぎでみんなと遊び、そして翌朝、いよいよダイビング！

リゾートから船までは、杖を使ってゆっくりと行くけれど、船から海に入ったら、もう自由だ。

ダイナミックなフィリピンの海をゆったりのんびりと、カラフルな珊瑚を見たり、お魚の群れに囲まれて楽しんだり。そしてドリフト（流れに任せて潜るダイビング）で、みんなで身体を任せていったり。水面でも、船の上でも、大笑い。

そして、念願のジンベエザメとの遊泳！　大迫力の雄大な姿を見上げて、みんなと感動を一つにできた。

熱海の初島で潜る時には、なんと自分でタンクを背負って、ゆっくりと歩いて水際へ向かい、エントリー（海に入る）。アオリイカの大群とその産卵を間近で見られて、仲間と大興奮！　気が付くと身体が冷えてきたので、エキジット（海から出る）。

陸上に戻ったら、みんなで達成感に包まれて笑った。

思い描いた未来を、一つは叶えた！

さっき水中で見て楽しんだイカも、美味しいお刺身や唐揚げをお腹いっぱいに食べて、みんなで幸せを噛み締めた。なんでもないようなこんな時間がなんて素敵なひとときだろう。

その加藤くんは、自分のお母さんの名前が私と同じ京子だと言う。初めて会った時から、「ウチの母親と同じ名前！」と驚いて、「でも、全然タイプが違う！　あ、使ってるお財布だけ同じ！」と笑っていた。

けれど、それ以上には母親を語らない。

「母親とは分かり合えないから話さない。あの人の話はもういいよ」
親子で何か言葉の行き違いがあったのか？　きっと、どちらも正しくて、どちらも少し足りない。思う気持ちに素直になれない。

息子が大変な交通事故に遭い、生きていてくれて、お母さんはどんなに嬉しかったか。けれど、きっとそれも伝えきれない、伝わらない。
いつ分かり合えるのか、それは明日かもしれないし、何十年も先かもしれない。もしかして、どちらかが死ぬ間際にやっと許し合えるのかもしれない。

私とて40歳を過ぎてから、やっと自分の母親とココロをぶつけ合って、初めて距離が近くなった。そして私も、自分の娘と気持ちがすれ違って、あんなに仲良しだったのにと、少し悲しい寂しい日々を過ごしていた時もある。けれど、ココロはちゃんと繋がっている。お互いに大好きで大切なことに変わりはない。

みんな巣立つもの。母親を越えていく。


「ふるさとは遠きにありて思うもの」

ふるさととは、母のこと。

「母親は遠きにありて思うもの」

それでいいと思う。


自分の母に素直になれなくて、好きなのにキライ。

愛しているのに、まるで憎んでいるかのよう。


こうあってほしい、こんな人であってほしい、自分にこうしてほしい、その全てが叶わない。母であっても、別の人間。自分の思う通りには、なかなかいかない。


にくしん（肉親）と、にくしみ（憎しみ）は、紙一重。

愛しているからこそ背を向けてしまう。

でも、大丈夫。

母はどんな時も、あなたを愛してやまない。

海の母のところへ帰っておいで。

そして、柔らかくなったココロで、産みの母を思えばいい。そして思いっきり泣いたらいい。海水と涙はどちらもしょっぱい。人生ってしょっぱい。

海で泣いても、誰にも分からない。
海で叫べばいい。ホントの自分のココロが分かるから。
そして、海で笑おう。

加藤くんの苦悩は、同じ境遇の人たちとの理解と、手を差し伸べる立場になるべく過ごす日々の中で、本当に許し合える時へ向かっていると思う。徳を積み、徳を与える人へと成長への歩みを続ける。

生死をさまよったからこそ、出来ること。
そして、母親からの自分を認めてもらえる言葉は、きっといつの日か届くはず。

エピローグ

私はいらない子？——私が海と出会うまで

親の愛情を求め続けていた。

いつも寂しく待っていた。暗い部屋で1人。

親戚のおばさんに言われて蘇った過去。

「いつも暗い部屋で電気もつけないで、1人で座っていたよね」

記憶を封じ込めていたことに気が付き、あらゆる過去が吹き出してきた。


母親は、動物が嫌いだった。

いや、兄以外の生き物はみんな嫌いだったのかもしれない。

飼っている猫や犬、鳥、みんないなくなった。

学校から帰ると、もういない。

「どこかへ逃げていったのでしょう？」

と、私の目を見ることなく、言葉を投げ捨てる。

私がまだ幼稚園の頃、家に戻ると兄が鶏のぴーちゃんを抱っこして出かけていく。

「おにいちゃん、どーするの？」

「お母さんに、鳥屋に売ってこいって言われた」

縁日で、ねだって買ってもらった、ひよこ。

「これは雌だから、卵を毎日産んでくれるよ！」

テキ屋の嘘つき。

立派なトサカが出来て、朝は4時から、けたたましく一日の始まりを告げる。

それでも、私は毎日八百屋さんへ行って、大根っ葉をもらってきては、ぴーちゃんにあげて、可愛がっていた。

ぴーちゃんを抱っこして足早に行く兄を追いかけながら、

「おにいちゃん、いやだよ、やめてよ、どーして？」

兄の後を一生懸命ついて行く。

兄は抱きかかえていたぴーちゃんを鳥屋に差し出すと、鳥屋は私と兄の2人の子供の前で、ぴーちゃんの首をひねった。

目の前が真っ赤に染まった気がして、私の記憶はそこで途切れている。

もしかして、赤を見ると気持が落ち着かないのは、その時のやり場のない憤りや恐怖などが蘇るからなのだろうか？　私は、赤い服は着ない。いつも青ばかり着ている。鎮静の色、青。静かに心休まる青。

それから、性格のいい黒い猫も、白いブチの子犬も、ジュウシマツも、いなくなった。母親は、黒猫は気味が悪い、とクロちゃんを見なかった。ブチの子犬は、目が少しロンパリの斜視で、ボロい感じなので、ポロと呼んで可愛がっていた。それも、短い間にいなくなった。学校から帰るといない。

母親に聞いても、

「知らない、車にでもひかれたんじゃない？」

と言う。

心配で、近所を駆け回って探してもいない。本当に死んでしまったのでは？

悲しくて、自宅の小さな屋根に登って、星を眺めていた小学生の頃。


母親は、情が薄い。

父親は、情があり過ぎて、自分の意にそぐわないと激怒する。

それでも、父親が好きで、仕事が忙しくてなかなか帰宅しない父親をいつも待っていた。

会社を起こして、いつも夜中まで働き、会社に泊まっている。そう聞いていた。会社にも行ったし、寝泊まりしている部屋も見せてもらった。私はその話を信じ込んで、月に2、3回しか帰らない父親と、いろいろ話すのを楽しみにしていた。

ところが！

私が20歳になったのを機に、そしてアメリカへ行く機会があって、パスポートを取るために戸籍を見るであろう私に、父親は告白しなければならなかった。

「お母さんとは、10年前に離婚している。そして、10歳になる、お前と腹違いの弟がいるのだ」と。

私が、寂しい思いをして、父親の帰りを今か今かと待っていたそんな時、どこの家庭でもそうであるように、毎日のように帰ってくる父親と過ごしていた子供がいた。愕然とした。

そして、告げられた。

「お母さんは、お前の次に出来た3人目の子供を、夫である私に内緒で中絶していた」と。

聞きたくなかった。自分の母親がそんな人とは知りたくなかった。悲しかった。離婚へのきっかけなんて、心にしまっていてほしかった。

そして、同時に、黒い思いがよぎり、首を重くもたげた。

「母親は、本当は私のことも、いらなかったのでは？　兄だけ1人いれば、それで良かったのかもしれない。私も、生まれてこなければ良かったのか？」

疑心暗鬼となった私の心は、頑なに殻を閉ざした。それは私が20歳の頃。最初の夫となった人にも、相談も何もできない。面倒くさそうで、親身になってはくれない。いつも怒るだけ。

高校生の時、私は、手紙をもらった人と初めてお付き合いを始め、その人は私をとても大事にしてくれていた。今思っても、天使のように優しい、悪いところは思いつかない人だった。それなのに、19歳の時、私に横恋慕の人（最初の夫）が近づき、私の心は乱され、混乱した。

「お前は絶対にオレと結婚する運命なんだ。10歳の時にお前が転校してきてから、決めていた！」

私は洗脳され始めた。

母親に相談しても無視される。

思えば、本人は不幸の真っ只中にいたわけで、恋愛相談なんて聞きたくもない状況だったのだろう。でも、私はそんな事情は、その時はまだ知らない。

穏やかな幸せは引き裂かれ、強力な引力に逆らうすべもなく、全く違う世界の人と結婚することになった。９年間の苦しい結婚生活の月日は、大切な人との約束を果たせない、私の罪の償いの日々だったのか？

子宮癌となって死にかけて、やっとのことで離婚できた。

22歳で結婚して、ちょうど1年後には一人娘が産まれたが、31歳で子宮癌となり、飼っていた犬の奇跡によって生還できた。そのことは改めて書くとして。

離婚のきっかけは、手術して退院した後に、夫という立場の人間から、信じられない言葉を浴びせられたこと。

「もう、子供が産めないんだなー。本当は男の子が欲しかった。他の女に産ませようかな」


それは、私の心の中でギリギリに保っていた薄いガラス細工が、コンクリートの床に落ちて粉々に割れた瞬間だった。もう無理。修復はできない。

結婚しても、私はいらない子？

そして追い討ちのトドメを刺すかのような、夫の友人からの電話。

「今、夫は留守にしております」

「子宮を取っちゃったんだってね？　女で子宮ないなんて、カタワじゃん」

その話を夫にしても、私は睨まれるだけ。友達を悪く言うつもりか？　と顔に書いてあった。もちろん慰めの言葉一つない。私を睨んで、ふいと立って行ってしまった。

7人家族の中で、外へ出て仕事をしながら、全ての家事に頑張っていても、姑には、

「ウチの嫁さんには、あなたの友達のKちゃんの方が良かったわー」

などと言われながら生きてきた世界から、もう離れてもいい！

病気で死にかけて、生還できて、やっと神様が自由を与えて下さった。

というよりも、「死にかけでもしない限り、あなたは頑張り続けて、そこから出ないでしょう？」と問われたかのようだった。確かに、娘が20歳になるまでは、自分の人生を捨てる覚悟だった。


可愛そうなのは娘だった。別居を始めた娘10歳の時のこと。

私の別れの手紙を夫に手渡したのに、「持っていろ！」と返された。仕舞っておいたその手紙を見つけて、娘が読んでしまったのだ。自分が男の子じゃなかったから、母親が苦しめられている？　男の子に生まれたら良かった！

娘までが、「私はいらない子？」などと思ってしまう。


私は小柄で腸の変形もあるので、すでに高校生の時には、将来は子供が産めないかもしれないと、医者に宣言されていた。結婚して3か月して初めての妊娠で、切迫流産になりかけても、なんとか無事に産まれてくれた大切な娘。

その手紙を見てしまったことを、2か月も私に言えずに悩み続けていたそうだ。

そして10歳の娘は私に言った。

「ママ、私のために私が20歳になるまで我慢し続けていないで、もうちゃんと離婚して」

「本当に？　いいの？　分かった！」

私の人生を、やっと少し幸せへの光が照らし始めた。


ちなみに、大人になった現在の娘に、元夫は、

「お前のお母さんを心から愛していた」

と話すらしい。

愛しているとは、最低でも、傷付けないようにココロを守ることなのではないかと思う。言葉ではなく、日常の態度で愛は育っていくものだと思う。

「釣った魚に餌はやらない」では、ヒトも愛も餓死してしまう。


ただ、最初の夫のおばあちゃんだけは大好きだった。私と同じ境遇で、嫁ぐ予定だった所へは運命の悪戯で叶わず、別の7人家族のところへ嫁ぎ、苦労しっぱなしの人生。2人でいろいろな話をした。

でも、その頃の女性には、子供を連れて出て生活していく手立てはほとんどなかっ

た。

そして、ある時おばあちゃんは私に言った。

「京子さんは、いつか別れる時が来るかもしれない。それが出来る人。でも、娘がいるのだから、娘が大人になるまでは再婚しないでね」

いつも見守ってくれていた、大好きなおばあちゃんは、分かっていた。そして、その言葉の重さも理解した。

最初は私に近づいてくるであろう男性は、血の繋がってない娘が、どんどんきれいになっていくのを見る。危険だ。とんでもない事にならなくもない。全身に悪寒が走った！

私は、心に誓った。娘を成人させるまでは、絶対に再婚しない！

そして、名乗る姓もそのままに、離婚している事すら表に出さずに母子家庭ならぬ、まるで父子家庭のように、働き出した。

娘が中学生になる頃、私の実家の会社は倒産の危機にさらされて、母親は行き場のない立場となり、私が引き受けて同居することになった。

その時私は、娘と犬を連れて出て、無事に離婚もできて、外で犬が飼える小さな古びた借家に住んでいた。

こんなエピソードもあった。小学5年生くらいの頃、娘は同級生に「ねえ、どうしてこんなボロい家に引っ越してきたの？」と聞かれた日。それを聞いて大笑いする私を見て娘も笑う。裏山を犬と散歩したり、ご近所さんも優しかった。

私は実家の会社の恩恵を全く受けることなく暮らしていたので、父の会社が倒産しても、家を追い出されることなどもなく、私の家庭にだけ平和が保たれていた。

けれど、母親と同居を始めて、感謝など微塵もなく、嘆く母親。

「なぜ、こんな家にいなければいけないの？　悲しい！」

こんな家と言われても、私にとっては、娘と犬と一緒に、やっと毎日を笑って過ごすことができるようになった安息の場所、大切な空間。どんなボロ家でも、私には幸せの家。しかし、プライバシーも何もなくなり、その家から笑顔は消えていった。

母親がそんなに悲しむならと、家賃は倍になるけど、新しい2階建ての借家を探して引っ越した。2階の東南の日当たりのいい8畳間を母親の部屋として、娘にも6畳の個室を与えてあげられた。しかし私は、1階のリビングの一角に、ベッドを置いて休んでいた。

その頃は、インテリアコーディネーター兼営業として、連日真夜中まで働いて帰っ

ていた。ある時、やっとお休みの日に、母親に、
「早く休みたいから2階へ行ってくれる？」
と言ったら、
「ここはリビングでしょ！」
もう一緒には暮らせなかった。

すぐ前にあるアパートにひと部屋を借りて、私だけ引っ越したいと娘と母親に告げた。私は、仕事は忙し過ぎるが、世間の父親なりには稼げていたので、多少家賃が増えてもやっていけると思った。でもさすがに、それには娘も反対して、母親の一人暮らしが始まった。

その頃、仕事に頑張り過ぎては、身体を壊して入院を繰り返す私は、36歳で2度目の大病、単核球症という、白血病の一歩手前までいってしまった。

かつての水銀式の体温計は42度を完全に振り切って、一体何度なのか分からない程になっていて、即入院。脳髄膜炎では？　などと検査に明け暮れ、1か月全く身体は動けなかった。

なんとか回復して退院し、また仕事に励む毎日の中、お金は少しずつ貯まっていったものの、ある投資話に騙されて数百万円を失い、残金がゼロに近くなってしまっ

たときのこと。ゼロになるなら、残りのお金を全て使って、ずっとやりたかったダイビングを始める！　すっからかんになっても、また稼げばいい！　入院するくらいなら、ダイビングで沖縄や小笠原に行く！

3か月休まず働き、1週間はいなくなる。ダイビングで仕事を休むために、その休みのために、そこまでの仕事を整えた。

私は病気をしなくなった。入院もしなくなった。海で仕事の疲れもストレスも全て流してくる。そしてまた働く。


娘も一人暮らしをしたいと、独立への道を歩み始めた。いつの間にか、そんな年頃、20歳がもう間近になっていた。母と娘が多少距離感を持った方がいいだろうと、私もパートナーを見つけて、再婚をすることにした。

それも娘が背中を思いきり押した形となった。娘の結婚観もプラスにしたいし、娘には幸せな家庭を築いてほしい。そんな願いから、それまでは全く考えていなかった再婚をすることになった（現在の私はもうその役目を終えて、子育てに奮闘しながらも家庭を守る娘の姿を誇りに思っている）。


その再婚話が出た時に、私は自分の母親と初めてぶつかった。母親は、私の再婚を親戚の誰にも伝えない。それはなぜ？　再婚は恥ずかしいこと？　誰にも知らせずに、ひっそりとしていなければいけないの？　私は幸せになってはいけないの？

初めて歯向かう私に驚いた母親は、泣き出した。

「お母さんは謝らない。私に一度も謝ったことがない。どうして？　母親は、娘に謝らなくていいの？　そういうものなの？」

生まれて初めて、母親は私に言った。


「ごめんね」


仕事と、インターバルにダイビング。そんな日々の中で、私は自分に正直になれてきた気がした。自分の気持ちを押し殺してばかりいると、自分が死んでしまう。自分で自分を殺しかけていた。私は海に勇気をもらえた。母親に、自分の本当の気持ちをぶつけることができた。

また、私はダイビングで海へ出かけた。海は、いつも優しく迎えてくれた。時に荒々しく、時に滑らかな水面で、その心を映し出すかのように。そして、水中でゆったりと深い呼吸をしながら、生きている喜びに包まれた。

野生のイルカとも泳ぎ、母親に寄り添って泳ぐイルカの赤ちゃんにも出会った。私にも優しく微笑みかけてくれる。きっと私は前世はイルカだった！　海は私のふるさと！　ただいま〜、また帰ってきたよ！

今、私は生きている。

この心地よさは……。

はるか遠い記憶が蘇る。


母親のお腹の中で羊水に浮かんでいる自分が見えた。海水は羊水にほぼ近い。何億年か前、生命の源となった海と似ている安らぎの場所。


私は愛されていた。確かに愛されている。

10か月もの間、一番安心できる母親のお腹の中で守られていた。

私は、「いらない子」ではなかった。母親は私を産んでくれた。それ以上に確かな愛は存在しない。


母親との確執は、海に流されて消えた。

私は、自分たちの母娘の時間を取り戻すかのように、食事に出かけたり、洋服を買ってあげたりして過ごした。母親の喜ぶ顔を見ることが私の楽しみとなった。母親を可愛いと思える。可愛いとは、愛することが可能と書く。愛されていることを知り、やっと愛することができた。

そして同時に、父親の愛情をも確信した。必死に仕事をして、家族を養ってくれていた。自分もその立場となり、ガムシャラに働いてきたから分かる。守る家族がいるからこそ頑張れる。父親は2つの家族を養っていた。深い愛情なくしてはできない。

そして、父親の確立したレシピ、満州仕込みのロシア料理を受け継いで、小さなカフェも経営している現在。父親の人生を受け入れて尊敬している。そして、残りの人生がより充実したものになってもらえるようにしていけたら、幸せだと思う。

「親孝行、したい時には親はなし」とならないように。

お父さんの娘として産まれたこと、本当に良かった！

出会って結ばれ、そしてすれ違った母親と父親ではあるけれど、私の命を授けてくれた。そのことを神様に感謝します。

母なる海が教えてくれた。

私は、母親も父親も大好きだった。抱きしめてほしかった。海に優しく抱きしめられて、自分の心の奥底にあったものが分かる。

生まれてこれて良かった。

そして今、私は自分の気持ちに正直になって、本当の自分と向き合う。

2度目の離婚に踏み切れず、迷った時間は長かったけれど、世間体や人の目や、こうあるべきという概念にとらわれずに生きていく。そして、魂の呼び合うままに、幸せな時間を重ねていく。そのことの大切さが見えてきた。

「人間は、幸せになる義務がある」と何かで読んだことを思い出した。権利ではなく義務であるなら果たさなくてはいけない。


人生の時間は瞬く間に過ぎていく。だから、自分のココロを偽っていては、人生の時間がもったいない。何度、死にかけても生かされている。オマケの人生はさらに大きな夢でふくらんでいく。

好きな音楽たちを聴いて、好きな人たちと笑顔で過ごし、好きな海がいつでも迎えてくれる。仕事は大変なこともたくさんあるけれど、ココロの栄養源である笑顔をたくさんもらえる。


神様からのプレゼント、この瞬間を大切に生きていく。

これから思わぬ事態が起きたとしても、また幸せは必ず巡って来る。寄せては返す海の波のように。ココロが荒れた海のようになったとしても、やがて錨（怒り）を降ろす場所を見つけて、緩やかな春のキラキラとした海に、身を委ねるような時が来るはず。


幸せは、自分のココロに聞いてみる。

幸せですか？

「幸せです！　海に、人に、感謝でいっぱい！　今が大切なんだね！」

もっともっと幸せに、みんなで幸せに。

たくさんの幸せを分け合おう！


愛とは、自分よりも誰かの幸せを心から願えること。

それを幸せと思えること。ココロが、穏やかに暖かくなる。

その瞬間を愛と呼べると思う。


ヒトへの愛。

生物全てへの愛。

地球への愛。


そして、自分を愛すること。

今日ある命を輝かせて生き抜こう。

魔法の呪文を教えてあげる

めっちゃ楽しい！　それが私の合言葉。
疲れた時も、めっちゃ楽しい！
苦しい時も、めっちゃ楽しい！
悲しい時も、めっちゃ楽しい！
そうすると、不思議と元気になってくる。
笑顔になれる。脳みそが喜び出す。

『海が叶えてくれるもの ——青の光と命の輝き——』
本書は全て真実を記したドキュメンタリーです。

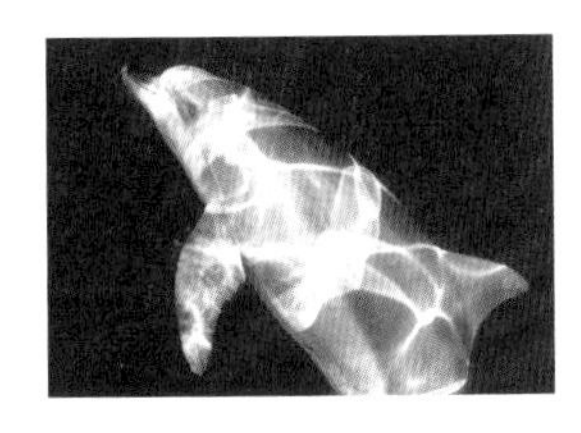

装丁　きらきらイルカ
東京都御蔵島の野生イルカ。水面の光が身体に模様を描き出す。アイコンタクトしながら戯れる至福の時間は、永遠のグラン・ブルーに溶けていく。

p2-3　PEACE
東京都写真の日コンテストで優秀賞受賞作品　潜っている私に笑顔で近づいて来る２頭の仲良しイルカ。空の雲のように見えるのは水面の波。東京都御蔵島にて。

p6-7　波紋
地球の海フォトコンテスト環境賞受賞作品。沖縄の久米島はての浜で半水面撮影肉眼では見られない空、水中、水面と砂の上の光の模様。環境意識の波紋よ広がれ。

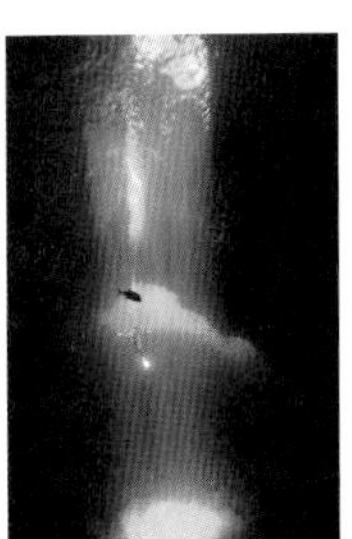

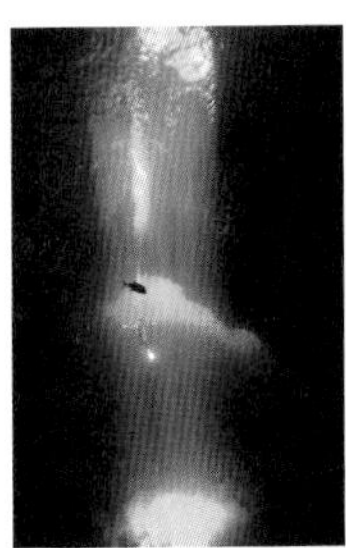

p9　ロタホール
北マリアナ諸島のロタ島に、６月の正午真っ直ぐな天使が降りてくるような光が差し込む。ＧＴが後方入り口から入ってきたGoodなタイミングとダイバー。入口はイルカの形にも見える。

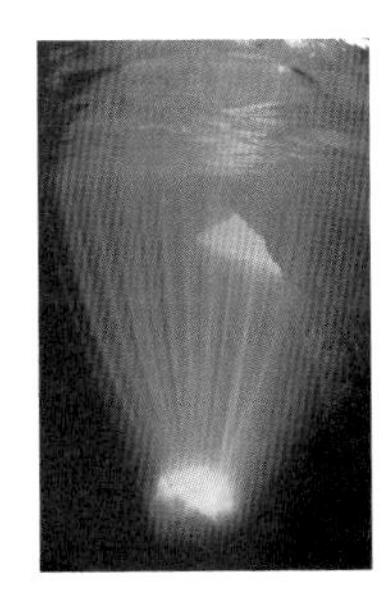

p11　ロタ光のシャワー
ロタホールの水面近くからレースのカーテンのように降り注ぐ光は、非現実の中へ誘う。水底はスポットライトの夢の舞台のように。

p13　パウダーブルー
モルディブの固有種で珊瑚の浅瀬の海に群れて生息する。珊瑚をつついてお食事中水面に淡く映り込むパウダーブルーサージョンフィッシュ。

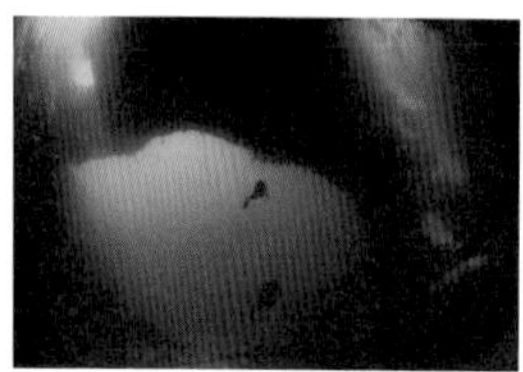

p16-17　パラオ　ブルーホール
パラオのダイバー憧れのスポット。ワイドレンズにての撮影で、３つのホールを一度に写りこませた、広角の海中。

p19　kiss me
東京都御蔵島の野生のイルカとコミュニケーションをとり、お互いがキスをするかのように近づいた瞬間。追いかけず、リラックスが仲良くなるコツかもしれない。

p21　熱海 沈船の珊瑚
街と隣接する熱海にこんなにも豊かな珊瑚が生息している。熱海のほど近い海底30m に鎮座している、かつての砂利運搬船「朝日 16 号」全長 80m。その周りに育ったカラフルな珊瑚たち。

p28　ナイトマンタ
夜、モルディブのクルーズ船の光に集まるプランクトンを捕食中のマンタとスキンダイビングで泳ぐ。バック転するマンタの口の奥にお腹のエラが見える。ノーストロボにて撮影。

p35　イルカとモノフィン
イルカの尾びれのような１枚のフィンは、イルカと同じ動きでスピードが出る。イルカとより一体感を楽しめる至福の時。

p37　ワイドアングルウィズダイバー
バリ島での第３回水中写真アジア選手権大会で銀メダル受賞作品。沈船内部からダイバーと周りの珊瑚を撮影。画像修正が不可の水中写真競技では、全てが一期一会。

p43　笑うアシカ
メキシコの水中写真世界選手権大会にて。水面からカメラに向かって子犬がじゃれるように、ひっくり返って歯を見せるアシカの子供は笑っている。

p45　ワイドアングル
バリ島での第３回水中写真アジア選手権大会で銀メダルダブル受賞作品。沈船のマストの周りを泳ぐハタタテダイと一緒にぐるぐると回りながら撮影　水深17m。

p49　アシカの戯れ
メキシコの遊び好きなアシカの子供が、撮影中の私のフィンにかじりついてきた。お互いに笑ってしまった。

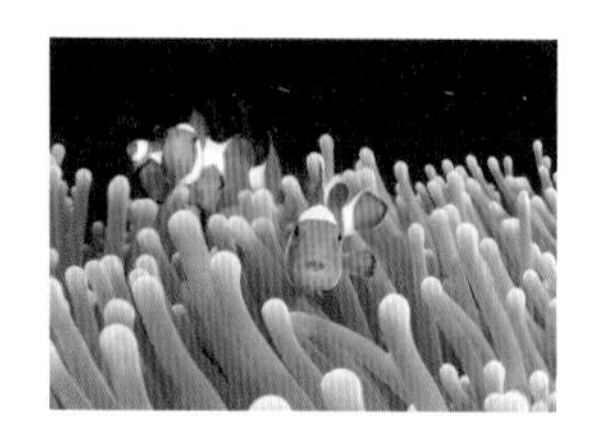

p55　こんにちはニモ
宮古島のカクレクマノミは、毒を持つイソギンチャクに共生して暮らしている。「やあ、また遊びにきたんだね！」と話しかけるようにカメラを覗きこむ、可愛らしいニモたち。

p57　ガラスハゼ
第２回水中写真アジア選手権大会のセブ島で４位の作品。ムチヤギという細い珊瑚をクルクルと素早く動き笑ったような瞬間。体長１センチほどの小さな個体。

p64　初島のイルカ
願いが叶い、熱海の初島に住み着いてくれているイルカたち。人なつこくダイバーとよく遊び、覗き込むようにご挨拶に来てくれた。また行くから遊ぼうね！

p69　光の中の珊瑚
降り注ぐ光を浴びて成長する珊瑚。地球温暖化を阻止しなければ全滅の危機にさらされる。酸素を創り出す貴重な存在の珊瑚たちを守る為の方法を模索しなければいけない。

p73　熱海の珊瑚
山からの豊かな栄養分が注ぎ込まれた熱海には、美しいソフトコーラルなどがカラフルに競い合うかのように咲き乱れる。

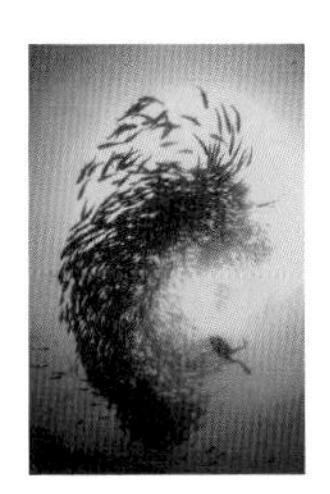

p82　トルネード
フィリピンのバリカサグ島付近ではギンガメアジやバラクーダの群れが整然と作る魚たちの渦。その中に入り込み、生命力を分けてもらう。

p85　ジンベイダイビング
フィリピンのセブ島のジンベイザメを間近に感じて泳ぐ夢のようなひととき。プランクトンやオキアミなどが主食の危険はない最大の魚。

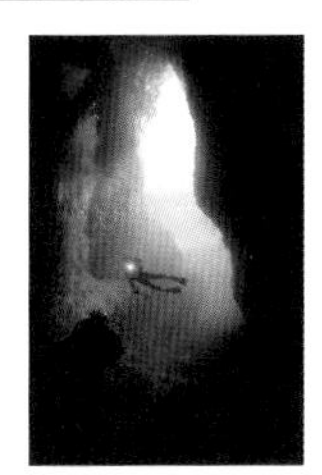

p90　熱海 青の洞窟
曽我浦のアカオの先にあるトンネル状の小曽我洞窟は水深は12mほどで浅めながら光が差し込むと、青さが美しい。このすぐ上にいらっしゃる観音様の形がこの時だけ写り出された不思議な瞬間。11月から4月までの限定ポイント。

p102-103　お母さんと一緒
東京都御蔵島の野生イルカ。産まれたばかりの赤ちゃんイルカには、まだ胎児線が残っている。母イルカと寄り添い泳ぐ。

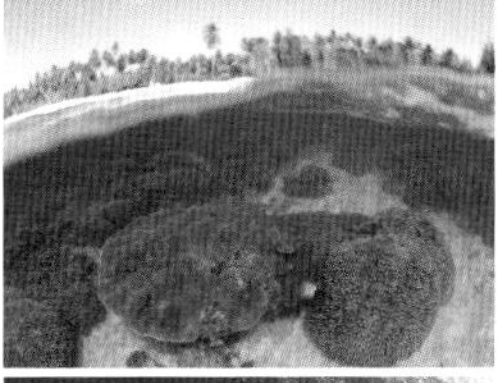

p105　地球の元気
マジェロ島での珊瑚の半水面写真。海が出来、珊瑚が生まれてこの地球が酸素を得て幾多の生物が生まれた。珊瑚たちの元気こそが地球の元気。

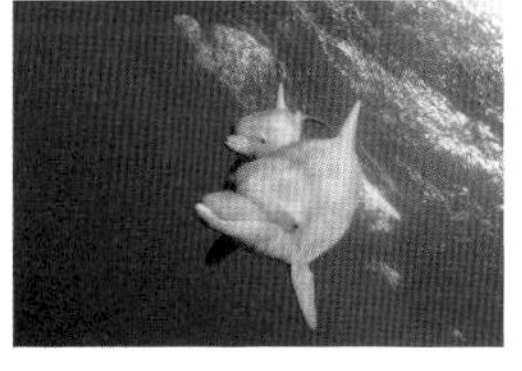

p107　イルカの親子
東京都御蔵島にてイルカの赤ちゃんと泳ぐ母イルカの優しい眼差しと興味津々の赤ちゃんイルカのクリクリのお目めに癒されるひととき。

水之京子

水中写真家・ドキュメンタリー作家
1957 年 12 月 23 日 東京生まれ東京育ち、2014 年より熱海在住。
JAPAN CMAS ダイビングインストラクター（コースディレクター）、日本水中スポーツ連盟 モノフィンインストラクター、日本写真著作権協会 JPCA 会員、潜水士、インテリアコーディネーター

日本人初の水中写真競技大会出場にて、アジア大会で銀メダル２個獲得のほか、静岡新聞・熱海新聞・熱海湯河原ＦＭ・ベイＦＭ・伊豆ＦＭ等、各種メディアで取り上げられる水中写真家として活動。2018 年３月 ＮＨＫ「あさいち」における熱海特集で水中写真の依頼を受け放送される。

岩合光昭賞 2005 ネイチャーフォトコンテスト優秀賞、第 44 回関東写真協会全国展準優勝受賞をはじめ、視点、東京写真の日、地球の海フォトコンテストなど入賞多数。

海が叶えてくれるもの ――青の光と命の輝き――

初版１刷発行 ● 2020年4月21日
２刷発行 ● 2020年５月15日

著者
水之（みずの） 京子（きょうこ）

発行者
小田 実紀

発行所
株式会社Clover出版
〒162-0843 東京都新宿区市谷田町3-6 THE GATE ICHIGAYA 10階 Tel.03(6279)1912 Fax.03(6279)1913
http://cloverpub.jp

印刷所
日経印刷株式会社

ISBN978-4-908033-66-7 C0095

校正協力／新名哲明・大江奈保子
編集・本文design＆DTP ／小田実紀